U0123423

あいさつから実用的な表現まで

加油!日本語

1

大新書局　印行

前書（まえがき）

「加油！日本語」は台湾の中等教育機関で日本語を学ぶ学習者を対象に編集された教科書で、その内容は民國95年度に公布された「高級中学校選修科目第二外国語課程綱要」に準拠しています。全４０課の構成は次のように４部に分かれています。

「加油！日本語①」1～10課
「加油！日本語②」11～20課
「加油！日本語③」21～30課
「加油！日本語④」31～40課

各課は「会話」「文型」「例文」「新出単語」「練習」という構成になっています。

◎「会話」では挨拶から始まり生活に即した実用的な表現が学習できるように編集されています。四分冊の前半部分では敬体文を用いていますが、後半部分では性別・年齢・社会的地位・親疎などを考慮し常体文も提示してあります。

◎「例文」はその課で学ぶ文法事項を文の形で提示したものです。「例文」は「練習」、「会話」への繋がりの中で元となるところですので、生徒の理解が望まれます。

◎「新出単語」には各課20語以内で、四冊合わせて400語以内が提示されています。また、巻末には全単語の標準アクセント付索引が付いています。

◎「練習」は例文を発話と関連づけるためのもので、問答形式や入れ替えなどの練習が設定されています。ここでは生徒が提出された語彙・文型を理解し、それを充分に活用できるようになるまで練習する必要があります。

◎その他、５課毎に復習を設け、それまで学習した重要学習事項が再度提出されています。ここでは学習事項の再定着を目指します。

◎関連教材としては、教科書用CD、練習帳、教師用指導書などが準備されています。

2007年
著者一同

「加油！日本語」是以在台灣中等教育機構學習日語的學習者為對象，編寫而成的教科書。書中內容比照民國 95 年所公佈的「高級中學選修課目第二外國語課程綱要」編排，全書由 40 課所構成，分成以下四個部分。

「加油！日本語①」1~10 課
「加油！日本語②」11~20 課
「加油！日本語③」21~30 課
「加油！日本語④」31~40 課

各課由「會話」「文型」「例句」「新增詞彙」「練習」諸單元構成。

◎「會話」的部分編入了能使學習者學會從寒喧到生活中派上用場的實用會話表現。四冊分冊中的前半部分皆使用敬體日語，而後半部分根據性別、年齡、社會地位、親疏關係等考量，亦使用常體日語的形式表現。

◎「例句」將該課所學習的文法，以例文的形式表現。由於「例句」是邁向「練習」與「會話」過程中基礎之一環，因此期望學生能詳加理解。

◎「新增詞彙」中，各課收錄了 20 個左右的單字，四冊共計收錄了 400 個左右的單字。此外，書末附有標示全部單字重音的單字索引。

◎「練習」乃將例句結合至對話的活用練習，其中安排了問答形式及代換等練習問題。學生可以在此理解之前學過的語彙及句型，並有必要將所學練習至能充分靈活運用的程度。

◎此外，每五課編有一次複習，再次將之前的學習重點加以提示。此處的目標是讓學生能夠牢記學習重點。

◎本書另備有教科書 CD、練習問題集、教師手冊等相關教材。

2007 年
著者全體

教科書の構成と使い方

● 教科書の構成

本書は、会話、単語、文型、例文、練習で構成されています（CD付き、ペン対応）。巻頭に平仮名、片仮名の表がありますので、ご活用ください。

● 教科書の使い方

会話：台湾の高校生陳さんを主人公に、日本で生活する際、いろいろな場面で必要となる基本的会話文で構成しました。先生やCDの発音をよく聞いて、真似をしながら、何度も声に出して読んでみましょう。丸暗記するのもとてもよい勉強法です。

単語：各課20前後の基本単語を取り上げました。アクセント記号及び中国語訳付きです。また、普段漢字で書く単語のみ、漢字表記を付けてあります。基本的な単語ばかりですから、完全に覚えてしまいましょう。

文型：どれも日本語の基礎となる大切な文型です。Pointをよく見て、日本語のルールを覚えてください。

例文：基本文型を簡単な対話形式で表しました。実際に会話しているつもりになって、先生や友達と練習しましょう。

練習：変換練習、代入練習、聴解練習等を用意しました。基本文法の定着、会話や聴力の訓練に役立ててください。
また、5課毎に復習テストがあります。できないところがあったら、もう一度、その課に戻って見直しましょう。

別冊練習帳：授業時間内での練習や宿題にお使いください。

●本教材的構成

本書由會話、單字、句型、例句、練習所構成（附 CD、對應智慧筆）。在本書首頁處附有平假名、片假名的五十音拼音表，請善加運用。

●本教材的使用方法

會話：主角為台灣的陳姓高中生，內容為其在日本生活之際，面臨各種場面時所必需的基本對話。請認真聆聽老師或 CD 的發音，一面模仿發音，一面試著反覆唸看看。另外，將整句話背起來也是一種很好的學習方式。

單字：各課列舉 20 個左右的基本單字，並標上重音與中文翻譯，而且，將平常會以漢字書寫的單字，附上漢字的寫法。因為是基本詞彙，所以請全部記起來。

句型：每個都是基礎日語的重要句型，請仔細閱讀要點 (Point)，牢記日語規則。

例句：以簡單的對話形式表現基本句型的用法。請比照實際會話情況，和老師或朋友練習看看。

練習：本書提供了替換練習、套用練習、聽力練習等，請善加運用以奠定基礎文法、會話與聽力。

此外，每五課就附有複習測驗，若有不會的地方，請再次返回該課重新學習。

練習問題集：請於課堂上當做練習或作業使用。

ページ上でのペン機能

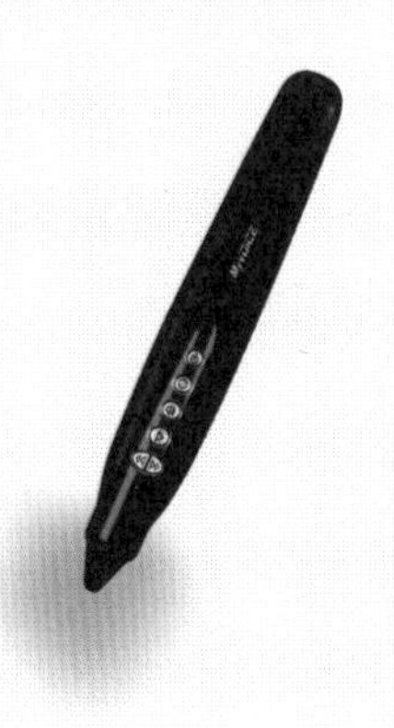

點選 会話 整篇會話全部朗讀。

點選人名，會唸出此人所講的整段會話。

點選會話中的日文句子，會唸出該句子。

點選 単語，會唸出本頁全部單字。

點選單字，會唸出該單字。

第1課

▶私は　陳です。

会話 T01

里奈　はじめまして。佐藤里奈です。よろしく。

陳　はじめまして。陳淑恵です。どうぞ、よろしく。

里奈　陳さんは　高校生ですか。

陳　はい、そうです。高校2年生です。佐藤さんも高校生ですか。

里奈　はい、私も　高校生です。

単語 T02

1	わたし	（私）	我
2	はじめまして		初次見面
3	どうぞ　よろしく		請多指教

16

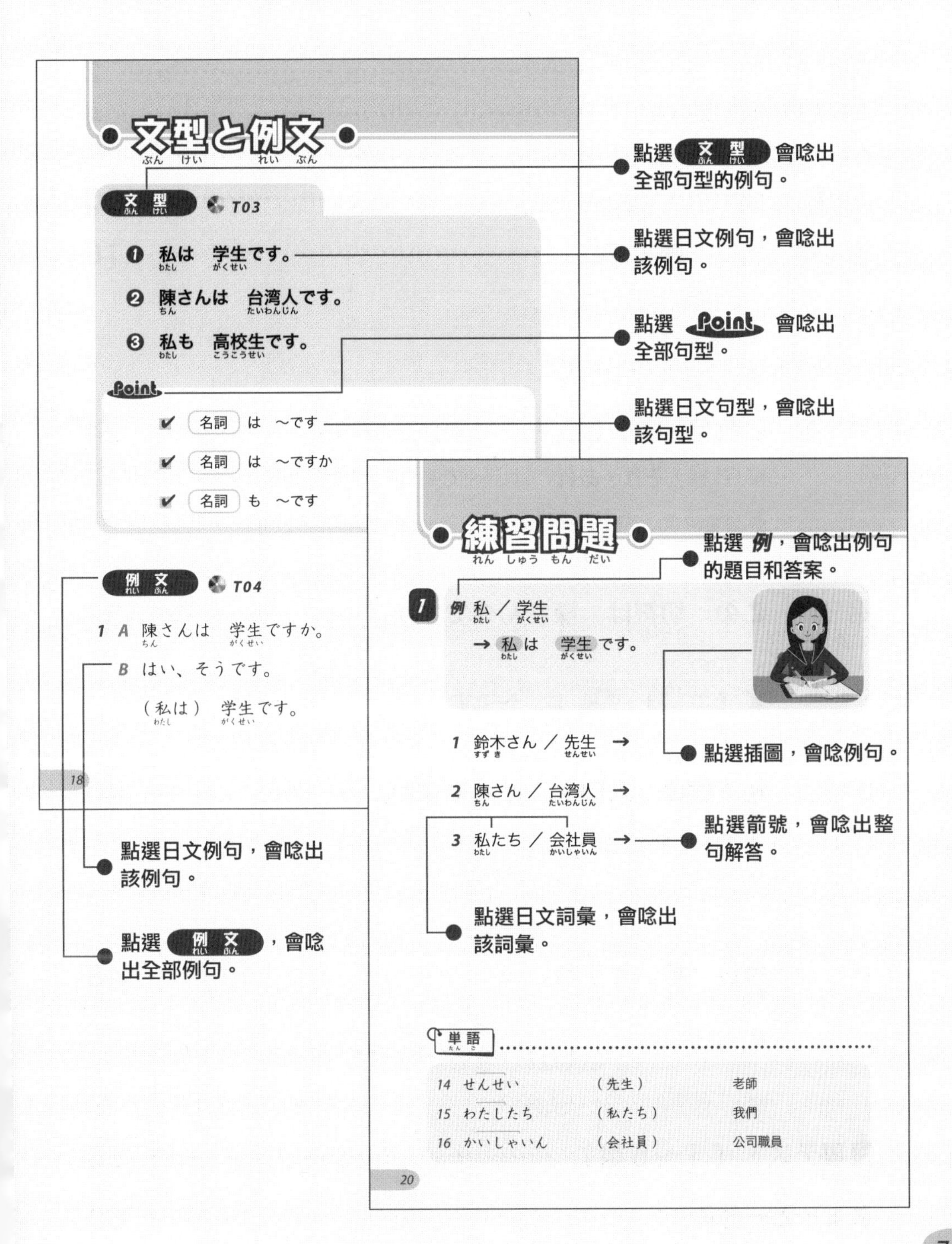
文型と例文
ぶんけい れいぶん
文型 T03
❶ 私は 学生です。
❷ 陳さんは 台湾人です。
❸ 私も 高校生です。
Point
名詞 は ～です
名詞 は ～ですか
名詞 も ～です
例文 T04
1 A 陳さんは 学生ですか。
B はい、そうです。
（私は） 学生です。
18
點選 文型 會唸出全部句型的例句。
點選日文例句，會唸出該例句。
點選 Point 會唸出全部句型。
點選日文句型，會唸出該句型。
練習問題
れんしゅうもんだい
點選 例，會唸出例句的題目和答案。
1 例 私 ／ 学生
→ 私は 学生です。
1 鈴木さん ／ 先生 →
2 陳さん ／ 台湾人 →
3 私たち ／ 会社員 →
點選插圖，會唸例句。
點選箭號，會唸出整句解答。
點選日文詞彙，會唸出該詞彙。
點選日文例句，會唸出該例句。
點選 例文，會唸出全部例句。
単語
14 せんせい （先生） 老師
15 わたしたち （私たち） 我們
16 かいしゃいん （会社員） 公司職員
20

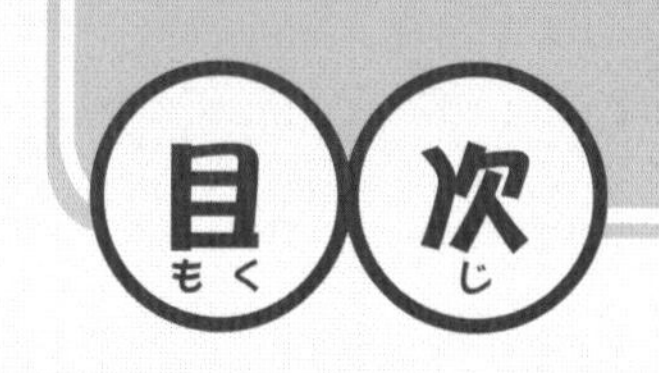

ひらがな筆順 T01

ひつ じゅん

1. 清音筆順

せいおんひつじゅん

2. 鼻音筆順（びおんひつじゅん）

カタカナ筆順

ひつ じゅん

1. 清音筆順

せいおんひつじゅん

は行
ハ ha
ヒ hi
フ fu
ヘ he
ホ ho
ま行
マ ma
ミ mi
ム mu
メ me
モ mo
や行
ヤ ya
ユ yu
ヨ yo
ら行
ラ ra
リ ri
ル ru
レ re
ロ ro
わ行
ワ wa
ヲ o
ン n

2. 鼻音筆順

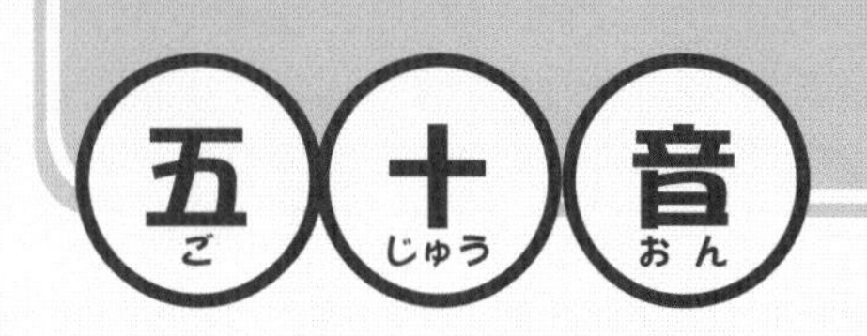

濁音・半濁音・拗音 T02

だくおん　はんだくおん　ようおん

1. 濁音（だくおん）

ひらがな濁音（だくおん）				
が	ぎ	ぐ	げ	ご
ga	*gi*	*gu*	*ge*	*go*
ざ	じ	ず	ぜ	ぞ
za	*ji*	*zu*	*ze*	*zo*
だ	ぢ	づ	で	ど
da	*ji*	*zu*	*de*	*do*
ば	び	ぶ	べ	ぼ
ba	*bi*	*bu*	*be*	*bo*

カタカナ濁音（だくおん）				
ガ	ギ	グ	ゲ	ゴ
ga	*gi*	*gu*	*ge*	*go*
ザ	ジ	ズ	ゼ	ゾ
za	*ji*	*zu*	*ze*	*zo*
ダ	ヂ	ヅ	デ	ド
da	*ji*	*zu*	*de*	*do*
バ	ビ	ブ	ベ	ボ
ba	*bi*	*bu*	*be*	*bo*

2. 半濁音（はんだくおん）

ひらがな半濁音（はんだくおん）				
ぱ	ぴ	ぷ	ぺ	ぽ
pa	*pi*	*pu*	*pe*	*po*

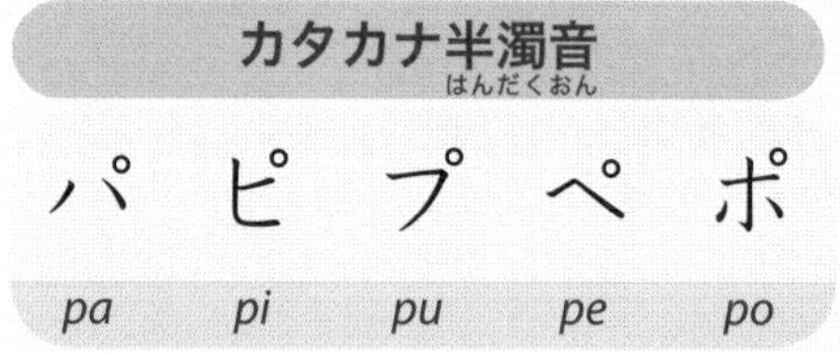

カタカナ半濁音（はんだくおん）				
パ	ピ	プ	ペ	ポ
pa	*pi*	*pu*	*pe*	*po*

3. 拗音(ようおん)

ひらがな拗音(ようおん)

きゃ	kya	きゅ	kyu	きょ	kyo
しゃ	sha	しゅ	shu	しょ	sho
ちゃ	cha	ちゅ	chu	ちょ	cho
にゃ	nya	にゅ	nyu	にょ	nyo
ひゃ	hya	ひゅ	hyu	ひょ	hyo
みゃ	mya	みゅ	myu	みょ	myo
りゃ	rya	りゅ	ryu	りょ	ryo
ぎゃ	gya	ぎゅ	gyu	ぎょ	gyo
じゃ	ja	じゅ	ju	じょ	jo
びゃ	bya	びゅ	byu	びょ	byo
ぴゃ	pya	ぴゅ	pyu	ぴょ	pyo

カタカナ拗音(ようおん)

キャ	kya	キュ	kyu	キョ	kyo
シャ	sha	シュ	shu	ショ	sho
チャ	cha	チュ	chu	チョ	cho
ニャ	nya	ニュ	nyu	ニョ	nyo
ヒャ	hya	ヒュ	hyu	ヒョ	hyo
ミャ	mya	ミュ	myu	ミョ	myo
リャ	rya	リュ	ryu	リョ	ryo
ギャ	gya	ギュ	gyu	ギョ	gyo
ジャ	ja	ジュ	ju	ジョ	jo
ビャ	bya	ビュ	byu	ビョ	byo
ピャ	pya	ピュ	pyu	ピョ	pyo

私は 陳です。

里奈（りな） はじめまして。佐藤里奈（さとうりな）です。よろしく。

陳（ちん） はじめまして。陳淑恵（ちんしゅくけい）です。どうぞ、よろしく。

里奈（りな） 陳（ちん）さんは 高校生（こうこうせい）ですか。

陳（ちん） はい、そうです。高校2年生（こうこうにねんせい）です。佐藤（さとう）さんも 高校生（こうこうせい）ですか。

里奈（りな） はい、私（わたし）も 高校生（こうこうせい）です。

単語（たんご） T04

1	わたし	（私）	我
2	はじめまして		初次見面
3	どうぞ よろしく		請多指教

単語（たんご）

4	～さん		～先生、～小姐
5	こうこうせい	（高校生）	高中生
6	…ねんせい	（～年生）	…年級

文型(ぶんけい)と例文(れいぶん)

文型(ぶんけい) T05

❶ 私(わたし)は　学生(がくせい)です。

❷ 陳(ちん)さんは　台湾人(たいわんじん)です。

❸ 私(わたし)も　高校生(こうこうせい)です。

Point

✔ 名詞 は　～です

✔ 名詞 は　～ですか

✔ 名詞 も　～です

例文(れいぶん) T06

1 **A** 陳(ちん)さんは　学生(がくせい)ですか。

B はい、そうです。

（私(わたし)は）　学生(がくせい)です。

2 A あの　方(かた)は　どなたですか。

B 田中(たなか)さんです。

3 A 山田(やまだ)さんも　銀行員(ぎんこういん)ですか。

B はい、山田(やまだ)さんも　銀行員(ぎんこういん)です。

単語(たんご)

7	がくせい	（学生）	學生
8	はい		是
9	そう		是的
10	たいわんじん	（台湾人）	台灣人
11	あのかた	（あの　方）	那一位〔あのひと的禮貌形〕
12	どなた		哪位〔だれ的禮貌形〕
13	ぎんこういん	（銀行員）	銀行職員

練習問題（れんしゅうもんだい）

1

例 私（わたし）／学生（がくせい）

→ 私（わたし）は 学生（がくせい）です。

1 鈴木（すずき）さん／先生（せんせい） →

2 陳（ちん）さん／台湾人（たいわんじん） →

3 私（わたし）たち／会社員（かいしゃいん） →

単語（たんご）

14	せんせい	（先生）	老師
15	わたしたち	（私たち）	我們
16	かいしゃいん	（会社員）	公司職員

2

例 鈴木(すずき)さん ／ 先生(せんせい)

→ **A** 鈴木(すずき)さん は 先生(せんせい) ですか。

B はい、そうです。

1 里奈(りな)さん ／ 学生(がくせい) →

2 みなさん ／ 台湾人(たいわんじん) →

3 あなた ／ 高校生(こうこうせい) →

単語(たんご)

17	みなさん	大家
18	あなた	你

練習問題
れんしゅうもんだい

3 **例** 田中(たなか)さん／高校生(こうこうせい)

→ **A** 田中(たなか)さんも高校生(こうこうせい)ですか。

B はい、田中(たなか)さんも高校生(こうこうせい)です。

1 山田(やまだ)さん／銀行員(ぎんこういん) →

2 あの人(ひと)／日本人(にほんじん) →

3 王(おう)さん／台湾人(たいわんじん) →

単語(たんご)

19	あのひと	（あの　人）	那個人
20	にほんじん	（日本人）	日本人

4 CDを聞(き)いて答(こた)えましょう。 T07

例 先生(せんせい)は　日本人(にほんじん)です。 (○)

1 陳(ちん)さんは　台湾人(たいわんじん)です。 (　　)

2 佐藤(さとう)さんは　銀行員(ぎんこういん)です。 (　　)

3 あの　方(かた)は　鈴木(すずき)さんです。 (　　)

4 陳(ちん)さんも　高校(こうこう)２年生(にねんせい)です。 (　　)

memo

第2課（だいにか）

これは　コンピュータですか。

会話（かいわ）　T08

陳（ちん）　これは　コンピュータですか。

田中（たなか）　いいえ、それは　コンピュータじゃ　ありません。

電子辞書（でんしじしょ）です。

陳（ちん）　じゃ、これも　電子辞書（でんしじしょ）ですか。

田中（たなか）　はい、それも　電子辞書（でんしじしょ）です。

単語（たんご）　T09

1	これ		這個〔事物靠近己方〕
2	コンピュータ	[computer]	電腦
3	いいえ		不是
4	それ		那個〔事物靠近對方〕

単語（たんご）

5　でんしじしょ　（電子辞書）　電子字典

6　じゃ　那麼

文型(ぶんけい)と例文(れいぶん)

文型(ぶんけい) T10

❶ これは　コンピュータです。

❷ それは　辞書(じしょ)じゃ　ありません。

Point

✔ これ／それ／あれ　は　～です

✔ ～じゃ　ありません

✔ ～は　何(なん)ですか

例文(れいぶん) T11

1 A　これも　電子辞書(でんしじしょ)ですか。

B　はい、そうです。

2 A それは　本(ほん)ですか。

B いいえ、これは　ノートです。

3 A あれは　何(なん)ですか。

B あれは　公園(こうえん)です。

4 A 陳(ちん)さんは　大学生(だいがくせい)ですか。

B いいえ、そうじゃ　ありません。高校生(こうこうせい)です。

単語(たんご)

7	あれ		那個（事物在遠方）
8	なん／なに	（何）	什麼
9	ほん	（本）	書
10	ノート	[note book]	筆記本
11	こうえん	（公園）	公園
12	だいがくせい	（大学生）	大學生

練習問題
れんしゅうもんだい

1

例 これは　コンピュータです。

→ これは　コンピュータじゃ ありません。

1 陳(ちん)さんは　大学生(だいがくせい)です。　→

2 あれは　ノートです。　→

3 呂(ろ)さんは　会社員(かいしゃいん)です。　→

4 それは　ジュースです。　→

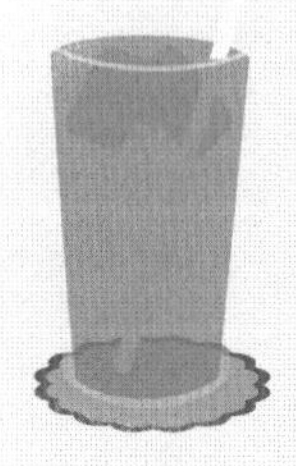

単語(たんご)

13	ジュース	[juice]	果汁
14	ざっし	（雑誌）	雑誌
15	ボールペン	[boll-point pen]	原子筆

2

例 これ／本(ほん)／雑誌(ざっし)

→ **A** これは　本(ほん)ですか。

B いいえ、そうじゃ　ありません。

雑誌(ざっし)です。

1 それ／ボールペン／鉛筆(えんぴつ) →

2 あれ／りんご／桃(もも) →

3 陳(ちん)さん／大学生(だいがくせい)／高校生(こうこうせい) →

4 鈴木(すずき)さん／会社員(かいしゃいん)／先生(せんせい) →

単語(たんご)

16	えんぴつ	（鉛筆）	鉛筆
17	りんご		蘋果
18	もも	（桃）	桃子

練習問題（れんしゅうもんだい）

3 *例* これは　何（なん）ですか。　［それ ／ 本（ほん）］

→ それは　本（ほん）です。

1 それは　何（なん）ですか。　［これ ／ ノート］ →

2 あれは　何（なん）ですか。　［あれ ／ 公園（こうえん）］ →

3 これは　何（なん）ですか。　［それ ／ はし］ →

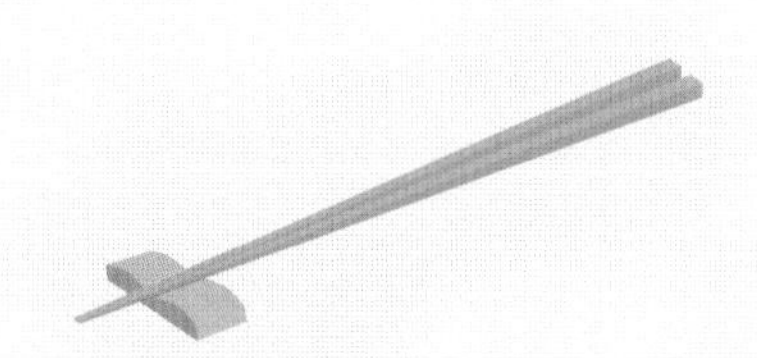

単語（たんご）

19	はし	筷子

4 CD を聞(き)いて答(こた)えましょう。 T12

例 これは　コンピュータです。 （ × ）

1 これは　電子辞書(でんしじしょ)です。 （　　）

2 これも　鉛筆(えんぴつ)です。 （　　）

3 あれは　公園(こうえん)です。 （　　）

4 陳(ちん)さんは　大学生(だいがくせい)です。 （　　）

memo

この切符(きっぷ)は陳(ちん)さんのですか。

先生(せんせい)　みなさん、これは　誰(だれ)の　切符(きっぷ)ですか。

陳(ちん)　あっ、先生(せんせい)、すみません。その　切符(きっぷ)は　私(わたし)のです。

田中(たなか)　陳(ちん)さん、それは　何(なん)の　切符(きっぷ)ですか。

陳(ちん)　新幹線(しんかんせん)の　切符(きっぷ)です。

単語(たんご)

1	この		這個～〔靠近己方〕
2	きっぷ	（切符）	票
3	だれ	（誰）	誰

単語（たんご）

4　すみません　　抱歉

5　その　　那個～〔靠近對方〕

6　しんかんせん　（新幹線）　新幹線

文型(ぶんけい)と例文(れいぶん)

❶ これは　新幹線(しんかんせん)の　切符(きっぷ)です。

❷ その　本(ほん)は　私(わたし)のです。

Point

✔ この／その／あの ＋ 名詞 は　～です

✔ ～は　～のです

1 **A** それは　コンピュータの　本(ほん)ですか。

B はい、そうです。

2 **A** それは　何(なん)の　雑誌(ざっし)ですか。

B これは　日本語(にほんご)の　雑誌(ざっし)です。

3 A これは　誰（だれ）の　かばんですか。

B それは　先生（せんせい）の　（かばん）です。

4 A この　カメラは　陳（ちん）さんのですか。

B いいえ、田中（たなか）さんのです。

単語（たんご）

7	あの		那個～〔遠方〕
8	かばん		手提包、皮包
9	にほんご	（日本語）	日語
10	カメラ	[camera]	相機

練習問題
れんしゅうもんだい

1

例 日本語（にほんご）／本（ほん）

→ これは　日本語（にほんご）の　本（ほん）です。

1 自動車（じどうしゃ）／雑誌（ざっし）　→

2 韓国語（かんこくご）／辞書（じしょ）　→

3 りんご／ジュース　→

単語（たんご）

11	じどうしゃ	（自動車）	汽車
12	かんこくご	（韓国語）	韓文
13	じしょ	（辞書）	字典

2

例 これ / 切符(きっぷ) / 私(わたし)

→ この　切符(きっぷ)は　私(わたし)のです。

1　それ / かばん / クラスメート　→

2　あれ / 自動車(じどうしゃ) / 先生(せんせい)　→

3　これ / 時計(とけい) / 田中(たなか)さん　→

単語(たんご)

14	クラスメート	[classmate]	同學
15	とけい	（時計）	鐘、錶

練習問題(れんしゅうもんだい)

3

例1 英語(えいご) ／ 雑誌(ざっし)

→ **A** それは　何(なん)の　雑誌(ざっし)ですか。

B 英語(えいご)の　雑誌(ざっし)です。

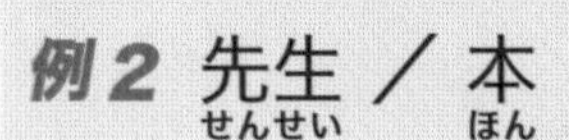

例2 先生(せんせい) ／ 本(ほん)

→ **A** それは　誰(だれ)の　本(ほん)ですか。

B 先生(せんせい)の　本(ほん)です。

1 日本語(にほんご) ／ 辞書(じしょ) →

2 私(わたし) ／ 自動車(じどうしゃ) →

3 クラスメート ／ 傘(かさ) →

4 中国語(ちゅうごくご) ／ 教科書(きょうかしょ) →

単語(たんご)

16	えいご	（英語）	英語
17	かさ	（傘）	傘

4

CD を聞(き)いて答(こた)えましょう。 T17

例 これは　陳(ちん)さんの　切符(きっぷ)です。 （ ○ ）

1 これは　新幹線(しんかんせん)の　切符(きっぷ)です。 （　　）

2 その　本(ほん)は　先生(せんせい)のです。 （　　）

3 あの　かばんは　陳(ちん)さんのです。 （　　）

4 これは　日本語(にほんご)の　雑誌(ざっし)です。 （　　）

単語(たんご)

18	ちゅうごくご	（中国語）	中文
19	きょうかしょ	（教科書）	教科書

▶ 地下鉄(ちかてつ)の　入口(いりぐち)は　どこですか。

会話(かいわ)　T18

陳(ちん)　すみません、地下鉄(ちかてつ)の　入口(いりぐち)は　どこですか。

通行人(つうこうにん)　あの　ビルの　下(した)です。

陳(ちん)　ありがとう　ございます。

—— 在地下鐵車站中 ——

陳(ちん)　あのう、切符売り場(きっぷうりば)は　ここですか。

駅員(えきいん)　いいえ、ここじゃ　ありません。　あの　売店(ばいてん)の後ろ(うし)です。

T19

1	ちかてつ	（地下鉄）	地下鐵
2	いりぐち	（入口）	入口
3	どこ		哪裡
4	ビル	[building]	大樓
5	した	（下）	下面
6	ありがとう　ございます		謝謝
7	あのう		嗯(用於表示躊躇)
8	きっぷうりば	（切符売り場）	售票處
9	ここ		這裡
10	ばいてん	（売店）	商店
11	うしろ	（後ろ）	後面

文型（ぶんけい）と例文（れいぶん）

文型（ぶんけい） T20

❶ 入口（いちぐち）は　あそこです。

❷ これは　スイスの　時計（とけい）です。

Point

✔ ～は ｛ここ／そこ／あそこ｝ ～です

✔ ～は　どこですか

例文（れいぶん） T21

1 A 陳（ちん）さんは　教室（きょうしつ）ですか。

B はい、そうです。

2 A 日本語(にほんご)の　教室(きょうしつ)は　ここですか。

B いいえ、となりです。

3 A トイレは　どこですか。

B そこです。

4 A これは　どこの　カメラですか。

B 日本(にほん)の　カメラです。

単語(たんご)

12	あそこ		那裡〔遠方〕
13	スイス	[Switzerland]	瑞士
14	そこ		那裡〔靠近對方〕
15	きょうしつ	（教室）	教室
16	トイレ	[toilet]	廁所

練習問題(れんしゅうもんだい)

1

例 田中(たなか)さん ／ 教室(きょうしつ)

→ *A* 田中(たなか)さんは　どこですか。

B 田中(たなか)さんは　教室(きょうしつ)です。

1 切符売り場(きっぷうりば) ／ ここ　→

2 入口(いりぐち) ／ あそこ　→

3 陳(ちん)さん ／ 体育館(たいいくかん)　→

単語(たんご)

17	たいいくかん	（体育館）	體育館
18	となり	（隣）	隔壁

2

例 入口(いりぐち) / ビル / 下(した)

→ **A** 入口(いりぐち)は　どこですか。

B ビルの　下(した)です。

1 トイレ / 体育館(たいいくかん) / 隣(となり) →

2 学校(がっこう) / 公園(こうえん) / 近(ちか)く →

3 田中(たなか)さん / 先生(せんせい) / 後(うし)ろ →

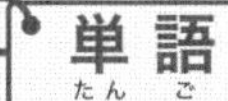

単語(たんご)

19　ちかく　（近く）　附近

練習問題（れんしゅうもんだい）

3 **例** 自動車（じどうしゃ）／アメリカ

→ **A** これは　どこの　自動車（じどうしゃ）ですか。

B アメリカの　自動車（じどうしゃ）です。

1 電子辞書（でんしじしょ）／台湾（たいわん）　→

2 時計（とけい）／スイス　→

3 カメラ／日本（にほん）　→

単語（たんご）

20	アメリカ	[America]	美國

4 CD を聞(き)いて答(こた)えましょう。 T22

例 これは　日本(にほん)の　カメラです。　（ ○ ）

1 入口(いりぐち)は　あそこです。　（　　）

2 これは　日本(にほん)の　時計(とけい)です。　（　　）

3 切符売り場(きっぷうりば)は　ここです。　（　　）

4 トイレは　そこです。　（　　）

memo

毎日　寒いですね。

会話 T23

陳：毎日　寒いですね。

田中：そうですね。今、台湾も　寒いですか。

陳：いいえ、寒くないです。暖かいです。

田中：そうですか。台湾は　いい　所ですね。

単語 T24

1	まいにち	（毎日）	每天
2	さむい	（寒い）	寒冷的
3	いま	（今）	現在

単語（たんご）

4	あたたかい	（暖かい）	溫暖的
5	いい		好的
6	ところ	（所）	地方、場所

文型（ぶんけい）と例文（れいぶん）

文型（ぶんけい）

T25

❶ 日本（にほん）は　寒（さむ）いです。

❷ 台湾（たいわん）は　いい　所（ところ）です。

Point

✔ い形容詞 ｛ です／~~い~~くないです ｝

✔ い形容詞 ＋ 名詞

例文（れいぶん）

T26

1 A 日本語（にほんご）は　おもしろいですか。

B はい、とても　おもしろいです。

2 A 台北（タイペイ）の　物価（ぶっか）は　安（やす）いですか。

B いいえ、あまり　安（やす）くないです。

3 **A** その　カメラは　いいですか。

B いいえ、よくないです。

4 **A** 陳(ちん)さんは　どんな　人(ひと)ですか。

B かわいい　人(ひと)です。

単語(たんご)

7	おもしろい		有趣的
8	とても		很、非常
9	ぶっか	（物価）	物價
10	やすい	（安い）	便宜的
11	あまり		不太～、不怎麼～
12	どんな		什麼樣的～
13	ひと	（人）	人
14	かわいい		可愛的

練習問題(れんしゅうもんだい)

1

例 日本(にほん)は　寒(さむ)いですか。

→ はい、とても　寒(さむ)いです。

1 学校(がっこう)は　遠(とお)いですか。　→

2 山田(やまだ)さんの　会社(かいしゃ)は　大(おお)きいですか。　→

3 日本語(にほんご)の　勉強(べんきょう)は　おもしろいですか。　→

単語(たんご)

15	がっこう	（学校）	學校
16	とおい	（遠い）	遠的
17	かいしゃ	（会社）	公司

2

例 台湾(たいわん)は　寒(さむ)いですか。

→ いいえ、あまり　寒(さむ)くないです。

1 体育館(たいいくかん)は　大(おお)きいですか。　→

2 台北(タイペイ)の　物価(ぶっか)は　安(やす)いですか。　→

3 この　電子辞書(でんしじしょ)は　いいですか。　→

単語(たんご)

18	おおきい	（大きい）	大的
19	べんきょう	（勉強）	學習、唸書

練習問題(れんしゅうもんだい)

3

例 台湾(たいわん) ／ 所(ところ) ／ いい

→ **A** 台湾(たいわん)は　どんな　所(ところ)ですか。

B いい　所(ところ)です。

1 鈴木先生(すずきせんせい) ／ 先生(せんせい) ／ おもしろい　→

2 木村(きむら)さんの　会社(かいしゃ) ／ 会社(かいしゃ) ／ 大(おお)きい　→

3 里奈(りな)さん ／ 人(ひと) ／ かわいい　→

4 CD を聞(き)いて答(こた)えましょう。 T27

例 今(いま) 台湾(たいわん)は 暖(あたた)かいです。 （ ○ ）

1 陳(ちん)さんの 学校(がっこう)は 大(おお)きいです。 （　　）

2 田中(たなか)さんの コンピュータは いいです。 （　　）

3 陳(ちん)さんは かわいい 人(ひと)です。 （　　）

memo

1 絵を見て[　　　　]の中に最も適当な言葉を入れましょう。

❶ はじめまして。陳です。

どうぞ [　　　　　　　　]。

❷ 私は [　　　　　　　　] です。

❸ 先生は [　　　　　　　　] です。

❹ いいえ、それは　ノートじゃ

ありません。

[ ] です。

❺ これは　[ ] の

雑誌（ざっし）です。

❻ それは　[ ] の

かばんです。

❼ 北海道は　とても

[　　　　　　]です。

❽ 私の　部屋は

[　　　　　　]ないです。

2 [　　　] に何(なに)を入(い)れますか。下(した)の a.b.c.d.e から適当(てきとう)な言葉(ことば)を選(えら)びましょう。

❶ **A** これは　[　　　　] ですか。

B それは　電子辞書(でんしじしょ)です。

❷ **A** それは　[　　　　] の　かばんですか。

B 先生(せんせい)のです。

❸ **A** あの　方(かた)は　[　　　　] ですか。

B 鈴木(すずき)さんです。

❹ **A** トイレは　[　　　　] ですか。

B あそこです。

❺ **A** あの　先生(せんせい)は　[　　　　]　先生(せんせい)ですか。

B おもしろい　先生(せんせい)です。

a. どこ　b. 誰(だれ)　c. どんな　d. 何(なん)　e. どなた

CDを聞いて、一緒に歌ってみましょう。 **T28**

さくら　さくら

作詞者不詳・作曲者不詳

さくらさくら

さくら　さくら　やよいの　空(そら)は
見(み)わたす　限(かぎ)り　かすみか　雲(くも)か
匂(にお)いぞ　出(い)ずる　いざや　いざや
見(み)に　ゆかん

櫻花　櫻花　三月的天空
一眼望去　是霧還是雲
花香撲鼻　走吧　走吧
一起去看吧

コーヒーが　好きですか。

—— 在咖啡店前面 ——

里奈（りな）　この　喫茶店（きっさてん）は　素敵（すてき）ですね。

陳（ちん）　そうですね。入（はい）りましょうか。

—— 看著菜單 ——

里奈（りな）　私（わたし）は　コーヒーに　します。

陳（ちん）　里奈（りな）さんは　コーヒーが　好（す）きですか。

里奈（りな）　はい、好（す）きです。陳（ちん）さんは？

陳（ちん）　私（わたし）は　あまり　好（す）きじゃ　ありません。紅茶（こうちゃ）に　します。

里奈（りな）　すみません。コーヒーと　紅茶（こうちゃ）を　お願（ねが）いします。

単語（たんご） T30

1	コーヒー	[coffee]	咖啡
2	すき	（好き）	喜歡
3	きっさてん	（喫茶店）	咖啡店
4	すてき	（素敵）	很棒、很好
5	はいります	（入ります）	進去、進入
6	～にします		選擇～、決定～
7	こうちゃ	（紅茶）	紅茶
8	おねがいします	（お願いします）	麻煩你〔請對方幫忙〕

文型と例文(ぶんけいとれいぶん)

文型(ぶんけい) T31

❶ 鈴木(すずき)さんは　親切(しんせつ)です。

❷ 西門町(せいもんちょう)は　にぎやかな　所(ところ)です。

❸ 私(わたし)は　紅茶(こうちゃ)が　好(す)きです。

Point

✔ な形容詞 { ~~な~~です / ~~な~~じゃ　ありません

✔ な形容詞 な　＋　名詞

1 A 陳(ちん)さんは　きれいですか。

B はい、とても　きれいです。

2 **A** この　学校(がっこう)は　有名(ゆうめい)ですか。

B いいえ、あまり　有名(ゆうめい)じゃ　ありません。

3 **A** 田中(たなか)さんは　どんな　人(ひと)ですか。

B 親切(しんせつ)な　人(ひと)です。

4 **A** 陳(ちん)さんは　コーヒーが　好(す)きですか。

B いいえ、好(す)きじゃ　ありません。

単語(たんご)

9	しんせつ	（親切）	親切的
10	せいもんちょう	（西門町）	西門町
11	にぎやか		熱鬧的
12	きれい		漂亮的
13	ゆうめい	（有名）	有名的

練習問題(れんしゅうもんだい)

1

例 木村先生(きむらせんせい) ／ 親切(しんせつ)

→ **A** 木村先生(きむらせんせい)は　親切(しんせつ)ですか。

B はい、親切(しんせつ)です。

B いいえ、あまり

親切(しんせつ)じゃ　ありません。

1 西門町(せいもんちょう) ／ にぎやか　→

2 この　学校(がっこう) ／ 有名(ゆうめい)　→

3 王(おう)さん ／ ハンサム　→

単語(たんご)

14	ハンサム	[handsome]	英俊的

2

例 西門町(せいもんちょう) ／ 所(ところ) ／ にぎやか

→ ***A*** 西門町(せいもんちょう)は　どんな　所(ところ)ですか。

　 B とても　にぎやかな　所(ところ)です。

1 林(りん)さん ／ 人(ひと) ／ 素敵(すてき) →

2 木村先生(きむらせんせい) ／ 先生(せんせい) ／ 親切(しんせつ) →

3 富士山(ふじさん) ／ 山(やま) ／ きれい →

単語(たんご)

15 やま　　（山）　　山

練習問題(れんしゅうもんだい)

3

例 王(おう)さん ／ テニス ／ 上手(じょうず)

→ *A* 王(おう)さんは　テニスが上手(じょうず)ですか。

B はい、王(おう)さんは　テニスが上手(じょうず)です。

B いいえ、王(おう)さんは　テニスが　上手(じょうず)じゃありません。

1 木村先生(きむらせんせい) ／ 果物(くだもの) ／ 好(す)き　→

2 陳(ちん)さん ／ さしみ ／ 嫌(きら)い　→

3 山田(やまだ)さん ／ 英語(えいご) ／ 上手(じょうず)　→

単語(たんご)

16	テニス	[tennis]	網球
17	じょうず	（上手）	高明的、擅長的
18	さしみ	（刺身）	生魚片

4 CDを聞(き)いて答(こた)えましょう。 **T33**

例 この　喫茶店(きっさてん)は　素敵(すてき)です。　　（ ○ ）

1 陳(ちん)さんは　コーヒーが　好(す)きです。　　（　　）

2 この　学校(がっこう)は　有名(ゆうめい)です。　　（　　）

3 田中(たなか)さんは　きれいな　人(ひと)です。　　（　　）

4 西門町(せいもんちょう)は　にぎやかな　所(ところ)です。　　（　　）

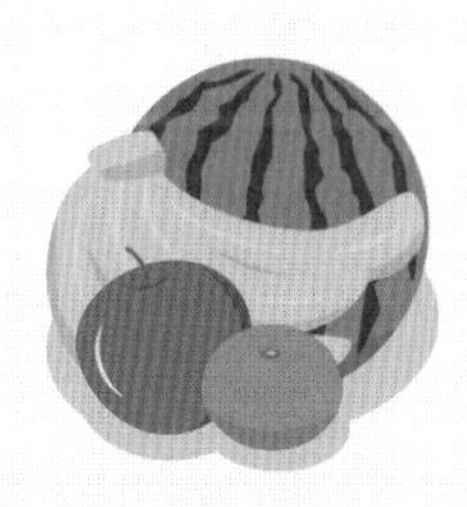

単語(たんご)

19	きらい	（嫌い）	討厭的
20	くだもの	（果物）	水果

ATMは　どこに　ありますか。

陳（ちん）　田中（たなか）さん、近（ちか）くに　銀行（ぎんこう）が　ありますか。

田中（たなか）　あそこに　映画館（えいがかん）が　ありますね。

銀行（ぎんこう）は　映画館（えいがかん）の　隣（となり）です。

―― 在銀行 ――

陳（ちん）　すみません。ATMは　どこに　ありますか。

銀行員（ぎんこういん）　2階（にかい）です。

陳（ちん）　どうも。

単語（たんご）

 T35

1	ATM		自動櫃員機
2	あります		有～；在～（用於無生命體）
3	ぎんこう	（銀行）	銀行
4	えいがかん	（映画館）	電影院
5	にかい	（二階）	二樓
6	どうも		謝謝

文型と例文

文型　T36

❶ 銀行は　映画館の　隣に　あります。

❷ 机の　上に　コンピュータが　あります。

Point

- ✔ ～は　名詞（場所）　に　あります
- ✔ 名詞（場所）　に　～が　あります

例文　T37

1
A 英語の　本は　ありますか。
B いいえ、ありません。

2
A 映画館は　どこに　ありますか。
B 駅前に　あります。

3 **A** 近(ちか)くに　公園(こうえん)が　ありますか。

B はい、あの　ビルの　後(うし)ろに　あります。

4 **A** かばんの　中(なか)に　何(なに)が　ありますか。

B 本(ほん)や　ノート（など）が　あります。

単語(たんご)

7	つくえ	（机）	書桌
8	うえ	（上）	上面
9	えきまえ	（駅前）	車站前
10	～や～		～和～（之類的）
11	～など		～等〔表示例舉〕

練習問題
れんしゅうもんだい

1

例 ATM／あそこ

→ATMは　あそこに　あります。

1 トイレ／あそこ　→

2 受付(うけつけ)／入口(いりぐち)の　左(ひだり)　→

3 映画館(えいがかん)／駅前(えきまえ)　→

単語(たんご)

12	うけつけ	（受付）	櫃台
13	ひだり	（左）	左
14	いけ	（池）	池塘

2

例 公園(こうえん) ／ 池(いけ)

→ 公園(こうえん)に　池(いけ)が　あります。

1　教室(きょうしつ) ／ コンピュータ　→

2　机(つくえ)の　上(うえ) ／ ノート　→

3　庭(にわ) ／ 車(くるま)　→

単語(たんご)

15	にわ	（庭）	庭院
16	くるま	（車）	汽車

練習問題
れんしゅうもんだい

3

例 部屋(へや) ／ ベッド ／ 机(つくえ)

→ *A* 部屋(へや)に　何(なに)が　ありますか。

B ベッドや　机(つくえ)などが

あります。

1 学校(がっこう)の　近(ちか)く ／ 公園(こうえん) ／ 図書館(としょかん) →

2 机(つくえ)の　上(うえ) ／ 電子辞書(でんしじしょ) ／ スタンド →

3 駅前(えきまえ) ／ 銀行(ぎんこう) ／ 映画館(えいがかん) →

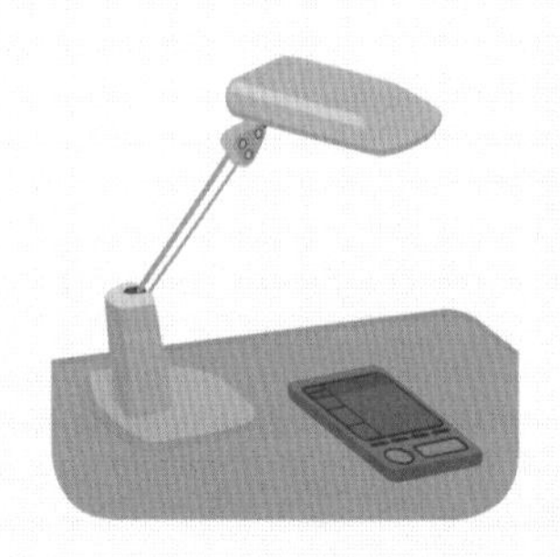

単語
たんご

17	へや	（部屋）	房間
18	ベッド	[bed]	床
19	としょかん	（図書館）	圖書館
20	スタンド	[stand (lamp)]	檯燈

4 CDを聞(き)いて答(こた)えましょう。 T38

例 ＡＴＭは　２階(にかい)に　あります。　（ ○ ）

1 映画館(えいがかん)は　駅前(えきまえ)に　あります。　（　　）

2 銀行(ぎんこう)は　映画館(えいがかん)の　左(ひだり)に　あります。　（　　）

3 机(つくえ)の　上(うえ)に　スタンドが　あります。　（　　）

4 かばんの　中(なか)に　本(ほん)が　あります。　（　　）

memo

あそこに　人(ひと)が　大勢(おおぜい)　います。

―― 在動物園 ――

陳(ちん)　あそこに　人(ひと)が　大勢(おおぜい)　いますね。

田中(たなか)　あそこに　パンダが　います。

陳(ちん)　田中(たなか)さんは　どんな　動物(どうぶつ)が　好(す)きですか。

田中(たなか)　犬(いぬ)や　猫(ねこ)が　好(す)きです。

陳(ちん)　でも、動物園(どうぶつえん)に　犬(いぬ)や　猫(ねこ)は　いませんね。

田中(たなか)　あっ、里奈(りな)さんが　いません。

陳(ちん)　里奈(りな)さんは　売店(ばいてん)の　前(まえ)に　いますよ。

単語（たんご） T40

1	おおぜい	（大勢）	很多人
2	います		有～;在～（用於有生命體）
3	どうぶつえん	（動物園）	動物園
4	パンダ	[panda]	熊貓
5	どうぶつ	（動物）	動物
6	いぬ	（犬）	狗
7	ねこ	（猫）	貓
8	でも		但是
9	まえ	（前）	前面

文型(ぶんけい)と例文(れいぶん)

文型(ぶんけい) T41

❶ 里奈(りな)さんは　うちに　います。

❷ あそこに　パンダが　います。

Point

✔ ～は　名詞（場所）　に　います

✔ 名詞（場所）　に　～が　います

例文(れいぶん) T42

1 **A** 陳(ちん)さんは　どこに　いますか。

B 図書館(としょかん)に　います。

2 **A** 学校(がっこう)に　留学生(りゅうがくせい)が　いますか。

B はい、大勢(おおぜい)　います。

3 A 教室(きょうしつ)に　誰(だれ)が　いますか。

B 先生(せんせい)と　生徒(せいと)が　います。

4 A 池(いけ)に　何(なに)が　いますか。

B 魚(さかな)が　たくさん　います。

単語(たんご)

10	うち	（家）	家
11	りゅうがくせい	（留学生）	留學生
12	～と～		～和～
13	せいと	（生徒）	（國中、高中的）學生
14	さかな	（魚）	魚
15	たくさん		許多

練習問題

れんしゅうもんだい

1

例1 両親（りょうしん）／台北（タイペイ）

→ 両親（りょうしん）は　台北（タイペイ）に　います。

例2 パンダ／動物園（どうぶつえん）

→ パンダは　動物園（どうぶつえん）に　います。

1 陳（ちん）さん／教室（きょうしつ）→

2 里奈（りな）さん／売店（ばいてん）の　前（まえ）→

3 きりん／あそこ →

4 先生（せんせい）／どこ →

単語（たんご）

16	りょうしん	（両親）	雙親
17	タイペイ	（台北）	台北
18	きりん		長頸鹿

例 1 台北(タイペイ) ／ 両親(りょうしん)

→ 台北(タイペイ)に　両親(りょうしん)が　います。

例 2 動物園(どうぶつえん) ／ パンダ

→ 動物園(どうぶつえん)に　パンダが　います。

1 高雄(たかお) ／ ガールフレンド　→

2 あそこ ／ 田中(たなか)さん　→

3 庭(にわ) ／ 犬(いぬ)　→

4 どこ ／ 猫(ねこ)　→

19	たかお	（高雄）	高雄
20	ガールフレンド	[girl friend]	女朋友

練習問題(れんしゅうもんだい)

3

例 1 部屋(へや) ／ 誰(だれ)　[王(おう)さん]

→ **A**　部屋(へや)に　誰(だれ)が　いますか。

B　王(おう)さんが　います。

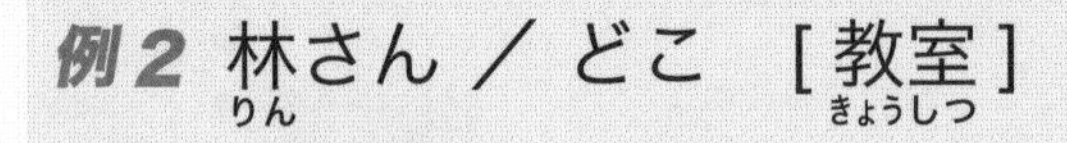

例 2 林(りん)さん ／ どこ　[教室(きょうしつ)]

→ **A**　林(りん)さんは　どこに　いますか。

B　教室(きょうしつ)に　います。

1　犬(いぬ) ／ どこ　[あそこ]　→

2　庭(にわ) ／ 誰(だれ)　[両親(りょうしん)]　→

3　先生(せんせい) ／ どこ　[図書館(としょかん)]　→

4　庭(にわ) ／ 何(なに)　[魚(さかな)]　→

4 CD を聞いて答えましょう。 T43

例 田中さんは　犬や　猫が　好きです。 （ ○ ）

1 あそこに　パンダが　います。 （　　）

2 陳さんは　公園に　います。 （　　）

3 教室に　先生が　います。 （　　）

4 池に　魚が　いません。 （　　）

memo

恋愛映画の　ほうが　好きです。

── 在電影院前面 ──

田中　陳さんは　恋愛映画と　アクション映画と　どちらが　好きですか。

陳　私は　恋愛映画の　ほうが　好きです。

田中　僕は　映画の　中で　アクション映画が　いちばん　好きです。

陳　じゃ、今日は　別々に　見ましょうか。

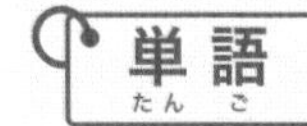

T45

1	れんあい	（恋愛）	戀愛、愛情

単語(たんご)

2	えいが	（映画）	電影
3	アクション	[action]	動作
4	どちら		哪一個
5	ぼく	（僕）	我〔男子對同輩和晚輩的自稱〕
6	なか	（中）	中間、裡面
7	いちばん	（一番）	最
8	きょう	（今日）	今天
9	べつべつ	（別々）	各自
10	みます	（見ます）	看

文型と例文
ぶんけい れいぶん

文型 T46

❶ 私(わたし)は　りんごより　みかんの　ほうが　好(す)きです。

❷ 僕(ぼく)は　映画(えいが)が　いちばん　好(す)きです。

Point

- ✔ 名詞 より 名詞 の ほうが 形容詞 です
- ✔ 名詞 と 名詞 と どちらが 形容詞 ですか
- ✔ 名詞 の 中で 何が いちばん 形容詞 ですか

例文 T47

1 A 台北(タイペイ)より　高雄(たかお)の　ほうが　にぎやかですか。

B いいえ、台北(タイペイ)の　ほうが　にぎやかです。

2 A 台湾(たいわん)と　日本(にほん)と　どちらが　寒(さむ)いですか。

B 日本(にほん)の　ほうが　寒(さむ)いです。

3 **A** 果物(くだもの)の　中(なか)で　何(なに)が　いちばん　好(す)きですか。

B バナナが　いちばん　好(す)きです。

4 **A** 犬(いぬ)と　猫(ねこ)と　どちらが　好(す)きですか。

B どちらも　好(す)きです。

単語(たんご)

11	みかん		柑橘（日本蜜柑）
12	バナナ	[banana]	香蕉

練習問題（れんしゅうもんだい）

1

例 みかん ／ りんご ／ 好（す）き

→ みかんより　りんごの　ほうが　好（す）きです。

1 勉強（べんきょう） ／ スポーツ ／ おもしろい　→

2 果物（くだもの） ／ お菓子（かし） ／ おいしい　→

3 りんご ／ みかん ／ 酸（す）っぱい　→

4 台北（タイペイ） ／ 高雄（たかお） ／ 暑（あつ）い　→

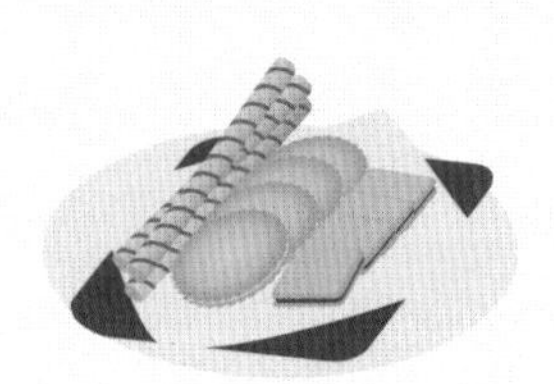

単語（たんご）

13	スポーツ	[sports]	運動
14	おかし	（お菓子）	點心、零食
15	おいしい		好吃的
16	すっぱい	（酸っぱい）	酸的

2

例 恋愛映画(れんあいえいが) ／ アクション映画(えいが) ／ 好(す)き

→ 恋愛映画(れんあいえいが)と　アクション映画(えいが)と

どちらが　好(す)きですか。

1 りんご ／ みかん ／ 酸(す)っぱい　→

2 スポーツ ／ 勉強(べんきょう) ／ おもしろい　→

3 果物(くだもの) ／ ケーキ ／ 甘(あま)い　→

単語(たんご)

17	あつい	（暑い）	熱的
18	ケーキ	[cake]	蛋糕
19	あまい	（甘い）	甜的

練習問題(れんしゅうもんだい)

3 例 映画(えいが) ／ 恋愛映画(れんあいえいが)

→ A 映画(えいが)の　中(なか)で　何(なに)が　いちばん　好(す)きですか。

B 恋愛映画(れんあいえいが)が　いちばん　好(す)きです。

1 スポーツ ／ 野球(やきゅう) →

2 果物(くだもの) ／ バナナ →

3 勉強(べんきょう) ／ 英語(えいご) →

単語(たんご)

20 やきゅう　（野球）　棒球

4 CD を聞いて答えましょう。 T48

例 陳さんは　恋愛映画が　好きです。　（ ○ ）

1 田中さんは　桃が　いちばん　好きです。　（　　）

2 台湾の　ほうが　寒いです。　（　　）

3 陳さんは　バナナの　ほうが　好きです。　（　　）

4 陳さんは　勉強の　中で　英語が　いちばん　好きです。　（　　）

memo

第(だい)10(じゅっ)課(か)

今(いま)、何時(なんじ)ですか。

—— 在校園 ——

陳(ちん)　里奈(りな)さん、今(いま)、何時(なんじ)ですか。

里奈(りな)　12時50分(じゅうにじごじゅっぷん)です。

陳(ちん)　午後(ごご)の　授業(じゅぎょう)は　何時(なんじ)からですか。

里奈(りな)　1時(いちじ)からです。

陳(ちん)　じゃ、急(いそ)ぎましょう。

—— 在教室 ——

陳(ちん)　この　授業(じゅぎょう)は　何時(なんじ)まででですか。

里奈(りな)　3時半(さんじはん)まででですよ。

陳(ちん)　長(なが)いですね。

T50

1	なんじ	（何時）	幾點
2	…じ	（…時）	…點
3	…ふん／ぷん	（…分）	…分
4	ごご	（午後）	下午
5	じゅぎょう	（授業）	上課
6	～から		從～
7	いそぎます	（急ぎます）	急、快點
8	～まで		到～
9	はん	（半）	半
10	ながい	（長い）	長

文型と例文
ぶんけい　れいぶん

文型（ぶんけい） T51

❶ 今　1時5分です。
いま　いちじ ごふん

❷ 授業は　1時から　3時までです。
じゅぎょう　いちじ　さんじ

Point

- 今、何時ですか
  いま　なんじ
- ～時～分です
  じ　ふん
- ～時から　～時までです
  じ　じ

例文（れいぶん） T52

1 A 今　何時ですか。
いま　なんじ

B 6時15分です。
ろくじ じゅうごふん

2 A この 映画は　何時からですか。
えいが　なんじ

B 10時半からです。
じゅうじはん

3 A 遊園地は　何時までですか。
ゆうえんち　なんじ

B 5時までです。
ごじ

4 A 銀行は　何時から　何時までですか。
ぎんこう　なんじ　なんじ

B 午前9時から　午後3時までです。
ごぜんくじ　ごごさんじ

単語（たんご）

11	ゆうえんち	（遊園地）	遊樂園
12	ごぜん	（午前）	上午

練習問題
れん しゅう もん だい

1

例

1時です。
いち じ

1

2

3

4

2

例

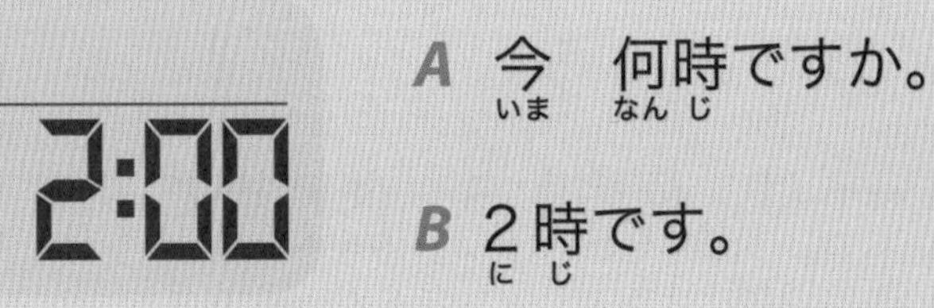

A 今(いま) 何時(なんじ)ですか。

B 2時(にじ)です。

1

2

3

4

練習問題(れんしゅうもんだい)

3 **例** デパート ／ 9時(くじ) ／ 5時(ごじ)

→ **A** デパートは　何時(なんじ)から　何時(なんじ)まで ですか。

B 9時(くじ)から　5時(ごじ)までです。

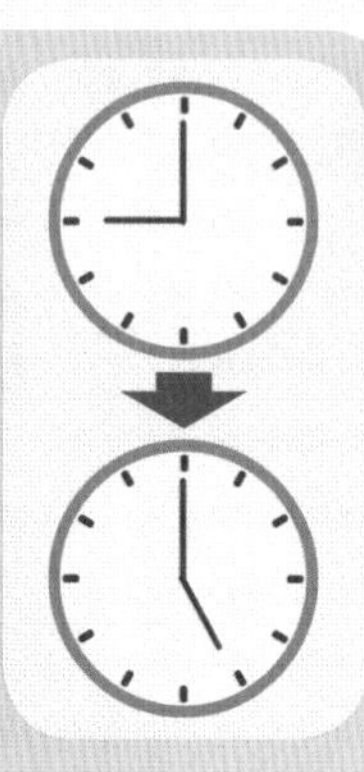

1 ディズニーランド ／ 午前8時半(ごぜんはちじはん) ／ 午後10時(ごごじゅうじ) →

2 スーパー ／ 午前10時(ごぜんじゅうじ) ／ 午後7時(ごごしちじ) →

3 博物館(はくぶつかん) ／ 9時半(くじはん) ／ 4時(よじ) →

4 仕事(しごと) ／ 9時(くじ) ／ 5時半(ごじはん) →

単語(たんご)

13	デパート	[department store]	百貨公司
14	ディズニーランド	[Disney Land]	迪士尼樂園
15	スーパー	[super market]	超市
16	はくぶつかん	（博物館）	博物館
17	しごと	（仕事）	工作

4 CD を聞(き)いて答(こた)えましょう。 T53

例 今(いま)　1時(いちじ)10分(じゅっぷん)です。 (○)

1 今(いま)　4時(よじ)5分(ごふん)です。 (　　)

2 仕事(しごと)は　9時(くじ)からです。 (　　)

3 午後(ごご)の　授業(じゅぎょう)は　4時(よじ)までです。 (　　)

4 銀行(ぎんこう)は　9時(くじ)から　3時半(さんじはん)までです。 (　　)

memo

復習テスト［6～10課］

1 絵を見て[　　　　]の中に最も適当な言葉を入れましょう。

❶ 陳さんは　[　　　　　　]　います。

❷ トイレは　[　　　　　]　あります。

❸ 机の　上に

[　　　　　　　　]　あります。

❹ 動物園(どうぶつえん)に [　　　　] います。

❺ 机(つくえ) [　　] 椅子(いす) [　　] が あります。

復習テスト 【6～10課】

2 [　　　] に何を入れますか。下の a.b.c.d.e から適当な言葉を選びましょう。

❶ *A* 陳さんは　コーヒーが　好きですか。

B いいえ、あまり　好き [　　　　　]。

❷ *A* 東京は　どんな　所　ですか。

B とても　[　　　　　] な　所です。

❸ *A* 高雄と　台北と　[　　　　　] が　暑いですか。

B 高雄の　ほうが　暑いです。

❹ *A* この　授業は　何時までですか。

B [　　　　　] までです。

a. どちら　b. 2時半　c. じゃ　ありません　d. にぎやか

3 次の文章を読んで、正しいものには○を、間違っているものには×を（　　）の中に書きましょう。

私は　高校2年生です。私の　高校は　台北に　あります。授業は　毎日　8時から　5時までです。私は　勉強の　中で　日本語が　いちばん　好きです。私は　日本語が　あまり　上手じゃ　ありません。でも、日本語は　おもしろいです。

❶ 高校の　授業は　8時からです。（　　）

❷ この　人は　英語の　勉強より　日本語の　勉強の　ほうが　好きです。（　　）

❸ この　人は　日本語が　とても　上手です。（　　）

❹ 日本語は　あまり　おもしろく　ありません。（　　）

ＣＤを聞いて、一緒に歌ってみましょう。 T54

兎のダンス

作詞　野口雨情／作曲　中山晋平

ソ ソラ　ソラ ソラ　うさぎの　ダン ス
ソ ソラ　ソラ ソラ　かわいい　ダン ス

タ ラッタ　ラッタ ラッタ　ラッタ ラッタ　ラッタ ラ

あ し で　け り け り　ピョッコピョッコ　お ど る
と ん で　は ね は ね　ピョッコピョッコ　お ど る

み み に　は ち ま き　ラッ タラッ タ　ラッタ ラッ
あ し に　あ か ぐ つ　ラッ タラッ タ　ラッタ ラッ

兎のダンス

ソソラ　ソラソラ　兎(うさぎ)の　ダンス
タラッタ　ラッタラッタ　ラッタラッタ　ラッタラ
脚(あし)で　蹴(け)り　蹴(け)り　ピョッコ　ピョッコ　踊(おど)る
耳(みみ)に　鉢巻(はちまき)　ラッタラッタ　ラッタラ

ソソラ　ソラソラ　可愛(かわい)い　ダンス
タラッタ　ラッタラッタ　ラッタラッタ　ラッタラ
とんで　跳(は)ね　跳(は)ね　ピョッコ　ピョッコ　踊(おど)る
脚(あし)に　赤靴(あかぐつ)　ラッタラッタ　ラッタラ

So So Ra　一二一二　兔子的舞蹈
踢躂踢　踢躂踢躂　踢躂踢躂　踢躂踢
抬腳踢踢　蹦蹦跳跳　跳起舞
耳朵綁著頭巾　踢躂踢躂　踢躂踢

So So Ra　一二一二　可愛的舞蹈
踢躂踢　踢躂踢躂　踢躂踢躂　踢躂踢
東跳西跳　蹦蹦跳跳　跳起舞
腳上穿著紅鞋　踢躂踢躂　踢躂踢

台湾人(たいわんじん)に多(おお)い姓(せい)

台灣人常見的姓氏

陳（ちん）	林（りん）	黃（こう）	張（ちょう）	李（り）	王（おう）	吳（ご）	劉（りゅう）
蔡（さい）	楊（よう）	許（きょ）	鄭（てい）	謝（しゃ）	郭（かく）	洪（こう）	邱（きゅう）
曾（そう）	廖（りょう）	賴（らい）	徐（じょ）	周（しゅう）	葉（よう）	蘇（そ）	莊（そう）
江（こう）	呂（ろ）	何（か）	羅（ら）	高（こう）	蕭（しょう）	潘（はん）	朱（しゅ）
簡（かん）	鍾（しょう）	彭（ほう）	游（ゆう）	詹（せん）	胡（こ）	施（し）	沈（しん）
余（よ）	趙（ちょう）	盧（ろ）	梁（りょう）	顏（がん）	柯（か）	孫（そん）	魏（ぎ）
翁（おう）	戴（たい）	范（はん）	宋（そう）	方（ほう）	鄧（とう）	杜（と）	傅（ふ）
侯（こう）	曹（そう）	溫（おん）	薛（せつ）	丁（てい）	馬（ば）	蔣（しょう）	唐（とう）
卓（たく）	藍（らん）	馮（ふう）	姚（よう）	石（せき）	董（とう）	紀（き）	歐（おう）
程（てい）	連（れん）	古（こ）	汪（おう）	湯（とう）	姜（きょう）	田（でん）	康（こう）
鄒（すう）	白（はく）	涂（じょ）	尤（ゆう）	巫（う）	韓（かん）	龔（きょう）	嚴（げん）
袁（えん）	黎（れい）	金（きん）	阮（げん）	陸（りく）	倪（げい）	夏（か）	童（とう）
邵（しょう）	柳（りゅう）	錢（せん）	歐陽（おうよう）	上官（じょうかん）			

日本人に多い姓（にほんじん おお せい）　日本人常見的姓氏

鈴木 すずき	佐藤 さとう	田中 たなか	小林 こばやし	高橋 たかはし	渡辺 わたなべ
加藤 かとう	斉藤 さいとう	伊藤 いとう	中村 なかむら	山本 やまもと	山田 やまだ
山口 やまぐち	佐々木 ささき	石井 いしい	井上 いのうえ	吉田 よしだ	木村 きむら
松本 まつもと	清水 しみず	林 はやし	長谷川 はせがわ	小川 おがわ	中島 なかじま
山崎 やまざき	橋本 はしもと	森 もり	池田 いけだ	石川 いしかわ	内田 うちだ
岡田 おかだ	青木 あおき	金子 かねこ	近藤 こんどう	阿部 あべ	和田 わだ
太田 おおた	小島 こじま	島田 しまだ	遠藤 えんどう	田村 たむら	高木 たかぎ
中川 なかがわ	中野 なかの	小山 こやま	野田 のだ	福田 ふくだ	大塚 おおつか
武田 たけだ	岡本 おかもと	辻 つじ	横山 よこやま	後藤 ごとう	前田 まえだ
藤井 ふじい	原 はら	三浦 みうら	小野 おの	片山 かたやま	吉村 よしむら
上野 うえの	宮本 みやもと	横田 よこた	西川 にしかわ	丸山 まるやま	森田 もりた
北村 きたむら	大野 おおの	竹内 たけうち	原田 はらだ	松岡 まつおか	矢野 やの
野村 のむら	村上 むらかみ	安藤 あんどう	西村 にしむら	関 せき	菊池 きくち

あいさつと会話表現（かいわひょうげん） 寒暄語及會話表現

おはよう　ございます	早安
こんにちは	午安
こんばんは	晚安（用於見面、打招呼）
おやすみなさい	晚安（用於告別、就寢時）
さようなら	再見
ありがとう　ございます	謝謝
すみません	對不起；不好意思
おねがいします	請～；麻煩您～

いろいろな食べ物（たべもの） 食物

すし	寿司	壽司
さしみ	刺身	生魚片
てんぷら	天ぷら	天婦羅
すきやき	すき焼き	壽喜燒
しゃぶしゃぶ		日式火鍋；涮涮鍋
やきにく	焼き肉	烤肉
ステーキ	steak	牛排
みそしる	味噌汁	味噌湯
うどん		烏龍麵
そば	蕎麦	蕎麥麵

とんカツ	豚カツ	炸豬排
カツどん	カツ丼	豬排飯
ぎゅうどん	牛丼	牛肉蓋飯
おやこどん	親子丼	雞肉蓋飯
やきそば	焼きそば	炒麵
スパゲッティ	spaghetti	義大利麵
オムライス	omelet + rice（和）	蛋包飯
サンドイッチ	sandwich	三明治
バイキング	viking（和）	自助餐
マンゴー	mango	芒果
パパイヤ	papaya	木瓜
ライチ	litchi	荔枝
パイナップル	pineapple	鳳梨
メロン	melon	哈蜜瓜
りんご	林檎	蘋果
すいか	西瓜	西瓜
なし	梨	梨
かき	柿	柿子
ぶどう	葡萄	葡萄

いろいろな職業(しょくぎょう)　職業

きょうし	教師	老師
かいしゃいん	会社員	公司職員
ＯＬ（オーエル）	office lady（和）	公司女職員
けいさつかん	警察官	警官
しょうぼうし	消防士	消防員
パイロット	pilot	飛機駕駛員
うんてんしゅ	運転手	（車輛、船等）駕駛員
いしゃ	医者	醫師
かんごし	看護師	護士
ほぼ	保母	褓母
べんごし	弁護士	律師
びようし	美容師	美容師
コック	cook	廚師
げいのうじん	芸能人	藝人
はいゆう	俳優	演員
かしゅ	歌手	歌手
アイドル	idol	偶像
せいゆう	声優	配音員
アナウンサー	announcer	播音員
まんがか	漫画家	漫畫家
さっか	作家	作家
がか	画家	畫家

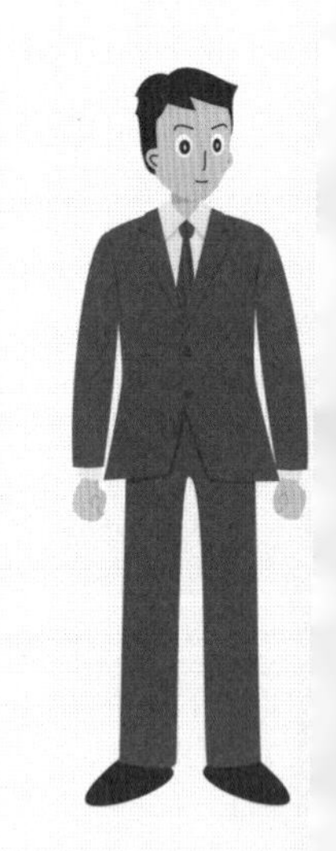

●いろいろな店（みせ）　商店●

きっさてん	喫茶店	咖啡店
レストラン	restaurant	餐廳
いざかや	居酒屋	居酒屋、小酒館
すしや	寿司屋／鮨屋	壽司店
やたい	屋台	攤販
やおや	八百屋	蔬菜店
さかなや	魚屋	賣魚的店
くだものや	果物屋	水果店
にくや	肉屋	賣肉的店
パンや	パン屋	麵包店
はなや	花屋	花店
ざっかや	雑貨屋	雜貨店
でんきや	電気屋	電器用品店
ようふくや	洋服屋	西服服飾店
きものや	着物屋	和服服飾店
やっきょく	薬局	藥局
スーパーマーケット	super market	超級市場
りょうはんてん	量販店	量販店
ディスカウントストア	discount store	折扣商店
アウトレットストア	outlet store	暢貨中心
みやげや	土産屋	土產店
めんぜいてん	免税店	免稅商店
インターネットカフェ	Internet caffe	網咖

数字の言い方

数字

0 ゼロ、れい	20 にじゅう
1 いち	30 さんじゅう
2 に	40 よんじゅう
3 さん	50 ごじゅう
4 よん、し	60 ろくじゅう
5 ご	70 ななじゅう、しちじゅう
6 ろく	80 はちじゅう
7 なな、しち	90 きゅうじゅう
8 はち	100 ひゃく
9 きゅう、く	200 にひゃく
10 じゅう	300 さんびゃく
11 じゅういち	400 よんひゃく
12 じゅうに	500 ごひゃく
13 じゅうさん	600 ろっぴゃく
14 じゅうよん、じゅうし	700 ななひゃく
15 じゅうご	800 はっぴゃく
16 じゅうろく	900 きゅうひゃく
17 じゅうなな、じゅうしち	1,000 せん
18 じゅうはち	2,000 にせん
19 じゅうきゅう、じゅうく	3,000 さんぜん

4,000 よんせん
5,000 ごせん
6,000 ろくせん
7,000 ななせん
8,000 はっせん
9,000 きゅうせん
10,000 いちまん
100,000 じゅうまん
1,000,000 ひゃくまん
10,000,000 いっせんまん
100,000,000 いちおく

101 ひゃくいち
250 にひゃくごじゅう
1,076 せんななじゅうろく
2,804 にせんはっぴゃくよん
8,600 はっせんろっぴゃく
11,111 いちまんせんひゃくじゅういち
654,321 ろくじゅうごまんよんせんさんびゃくにじゅういち

28.7 にじゅうはちてんなな
0.5 れいてんご
$\frac{1}{3}$ さんぶんの　いち
$\frac{3}{4}$ よんぶんの　さん

時間の言い方

～秒		～分		～點	
いちびょう	1秒	いっぷん	1分	いちじ	1時
にびょう	2秒	にふん	2分	にじ	2時
さんびょう	3秒	さんぷん	3分	さんじ	3時
よんびょう	4秒	よんぷん	4分	よじ	4時
ごびょう	5秒	ごふん	5分	ごじ	5時
ろくびょう	6秒	ろっぷん	6分	ろくじ	6時
ななびょう しちびょう	7秒	ななふん しちふん	7分	しちじ	7時
はちびょう	8秒	はっぷん	8分	はちじ	8時
きゅうびょう	9秒	きゅうふん	9分	くじ	9時
じゅうびょう	10秒	じゅっぷん	10分	じゅうじ	10時
さんじゅうびょう	30秒	さんじゅっぷん はん	30分 半	じゅういちじ	11時
ろくじゅうびょう	60秒	ろくじゅっぷん	60分	じゅうにじ	12時
なんびょう	何秒	なんぷん	何分	なんじ	何時

日本のお金（にほんのおかね）　日本的貨幣

一円玉（いちえんだま）

五円玉（ごえんだま）

十円玉（じゅうえんだま）

五十円玉（ごじゅうえんだま）

百円玉（ひゃくえんだま）

五百円玉（ごひゃくえんだま）

千円札：野口英世（せんえんさつ：のぐちひでよ）

日本醫學家，在細菌學的研究上有卓越貢獻，曾三度被提名諾貝爾醫學獎，但最終沒能獲獎。

二千円札：首里門（にせんえんさつ：しゅりもん）

琉球王國古蹟，建造於16世紀中葉，二次大戰時毀於戰火，1958年重建。匾額題字為「守禮之邦」。

五千円札：樋口一葉（ごせんえんさつ：ひぐちいちよう）

日本近代首位女性職業作家，作品中充滿了對社會中下階級民眾的深刻觀察。因肺結核不幸早逝，得年24歲。

一万円札：福沢諭吉（いちまんえんさつ：ふくざわゆきち）

日本明治時期著名思想家，主張人人平等，畢生提倡科學的精神與日本現代化。慶應義塾創辦者。

動詞活用表

I 類（五段活用動詞）

	ます形	て形
急(いそ)ぎます	いそぎ ます	いそいで
入(はい)ります	はいり ます	はいって

II 類（一段活用動詞）

	ます形	て形
います	い ます	いて
見(み)ます	み ます	みて

字典形	ない形	た形	中文	課
いそぐ	いそが　ない	いそいだ	急忙、趕	1-10
はいる	はいら　ない	はいった	進入（咖啡店）	1-6

字典形	ない形	た形	中文	課
いる	い　ない	いた	有、在	1-8
みる	み　ない	みた	看	1-9

●日本(にほん)の年中行事(ねんちゅうぎょうじ)と祝祭日(しゅくさいじつ)●日本一年之中的例行活動與節日●

⁂1月1日(いちがつついたち)：元日(がんじつ)：元旦

慶祝一年之初。從1月1日到3日均稱為「正月(しょうがつ)（新年）」，小孩子可以從大人那裡拿到紅包。

⁂1月第2月曜日(いちがつだいにげつようび)：成人(せいじん)の日(ひ)：成人節

祝福剛滿20歲的人，在各地舉行成人節儀式。

⁂2月3日(にがつみっか)：節分(せつぶん)：立春前一天

祈求無病消災，邊撒豆子邊説「鬼往外，福往內」，並吃下和自己歲數相同數目的豆子。

⁂2月11日(にがつじゅういちにち)：建国記念(けんこくきねん)の日(ひ)：建國紀念日

紀念建國的節日。

⁂2月14日(にがつじゅうよっか)：バレンタインデー：情人節

在日本，女生會送巧克力給喜歡的男生。

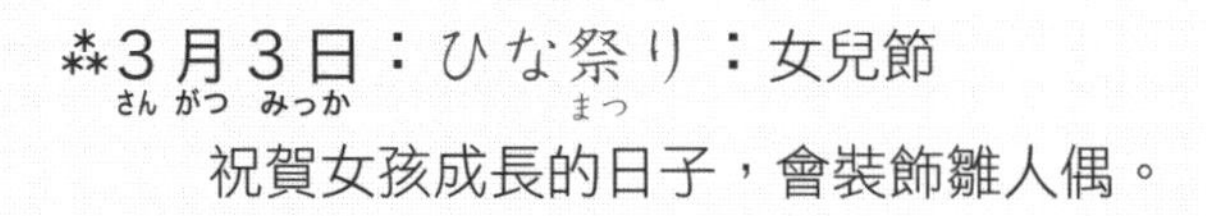

⁂3月3日(さんがつみっか)：ひな祭(まつ)り：女兒節

祝賀女孩成長的日子，會裝飾雛人偶。

⁂3月21日前後(さんがつにじゅういちにちぜんご)：春分(しゅんぶん)の日(ひ)：春分

又稱為「彼岸(ひがん)の中日(ちゅうにち)（清明）」，要為祖先掃墓。

⁂4月上旬(しがつじょうじゅん)：新年度(しんねんど)、入学式(にゅうがくしき)、入社式(にゅうしゃしき)：新年度、

開學、開工典禮新年度的開始，學校有開學典禮，公司行號則有開工典禮。

⁂4月29日(しがつにじゅうくにち)：昭和(しょうわ)の日(ひ)（2007年(にせんななねん)から）：昭和之日

原為昭和天皇誕辰紀念日，後更名為綠之日，2007年起改名為昭和之日。

⁂5月3日(ごがつみっか)：憲法記念日(けんぽうきねんび)：憲法紀念日

紀念日本國憲法實施的日子。

⁂5月4日(ごがつよっか)：みどりの日(ひ)（2007年(にせんななねん)から）：綠之日

原定於4月29日，2007年起改為5月4日。

⁂5月5日(ごがついつか)：こどもの日(ひ)：兒童節

祝賀男孩成長的日子，會插上鯉魚旗裝飾。

⁂5月第2日曜日(ごがつだいににちようび)：母(はは)の日(ひ)：母親節

對母親表示感謝的日子，會贈送康乃馨花。

⁂6月第3日曜日(ろくがつだいさんにちようび)：父(ちち)の日(ひ)：父親節

對父親表示感謝的日子。

⁂7月7日：七夕：七夕
しち がつ なのか　たなばた

在短箋上寫下願望，吊在竹子上。

⁂7月第3月曜日：海の日：海之日
しち がつだい さん げつよう び　うみ　ひ

感謝大海的恩惠，祈求四面環海的日本國運昌隆。

⁂8月15日：お盆：盂蘭盆節
はち がつ じゅうご にち　ぼん

大部分的人會返回故鄉，迎接並供養祖先的靈位。

⁂9月第3月曜日：敬老の日：敬老節
く がつだい さん げつよう び　けいろう　ひ

向長久為社會奉獻的年長者表示敬意，祈求他們長命百歲。

⁂9月23日前後：秋分の日：秋分
く がつ にじゅうさん にちぜん ご　しゅうぶん　ひ

又稱為「彼岸の中日」，要為祖先掃墓。
ひがん　ちゅうにち

⁂10月第2月曜日：体育の日：體育節
じゅう がつだい に げつよう び　たいいく　ひ

在各地舉行運動會等活動。

⁂11月3日：文化の日：文化節
じゅういち がつ みっか　ぶん か　ひ

舉辦與文化有關的活動，美術館會開放免費入館等。

⁂11月15日：七五三：七五三節
じゅういち がつ じゅうご にち　しちごさん

為了祝賀 3 歲、5 歲的男孩和 3 歲、7 歲的女孩順利成長，要前往神社等地參拜。

⁂11月23日：勤労感謝の日：勤勞感謝日
じゅういち がつ にじゅうさん にち　きんろうかんしゃ ひ

認真看待工作，向工作夥伴表示感謝之意的日子。

⁂12月23日：天皇誕生日：天皇誕辰日
じゅうに がつ にじゅうさん にち　てんのうたんじょうび

目前日本天皇的生日。

⁂12月25日：クリスマス：聖誕節
じゅうに がつ にじゅうご にち

在日本雖然和宗教信仰無關，但仍會舉辦派對或互贈禮物。

⁂12月31日：大晦日：除夕
じゅうに がつ さんじゅういち にち　おおみそか

一年中最後一個特別的日子。一邊聆聽除夕夜的鐘聲一邊吃著跨年蕎麥麵，迎接新的一年。

体の部位 身體部位

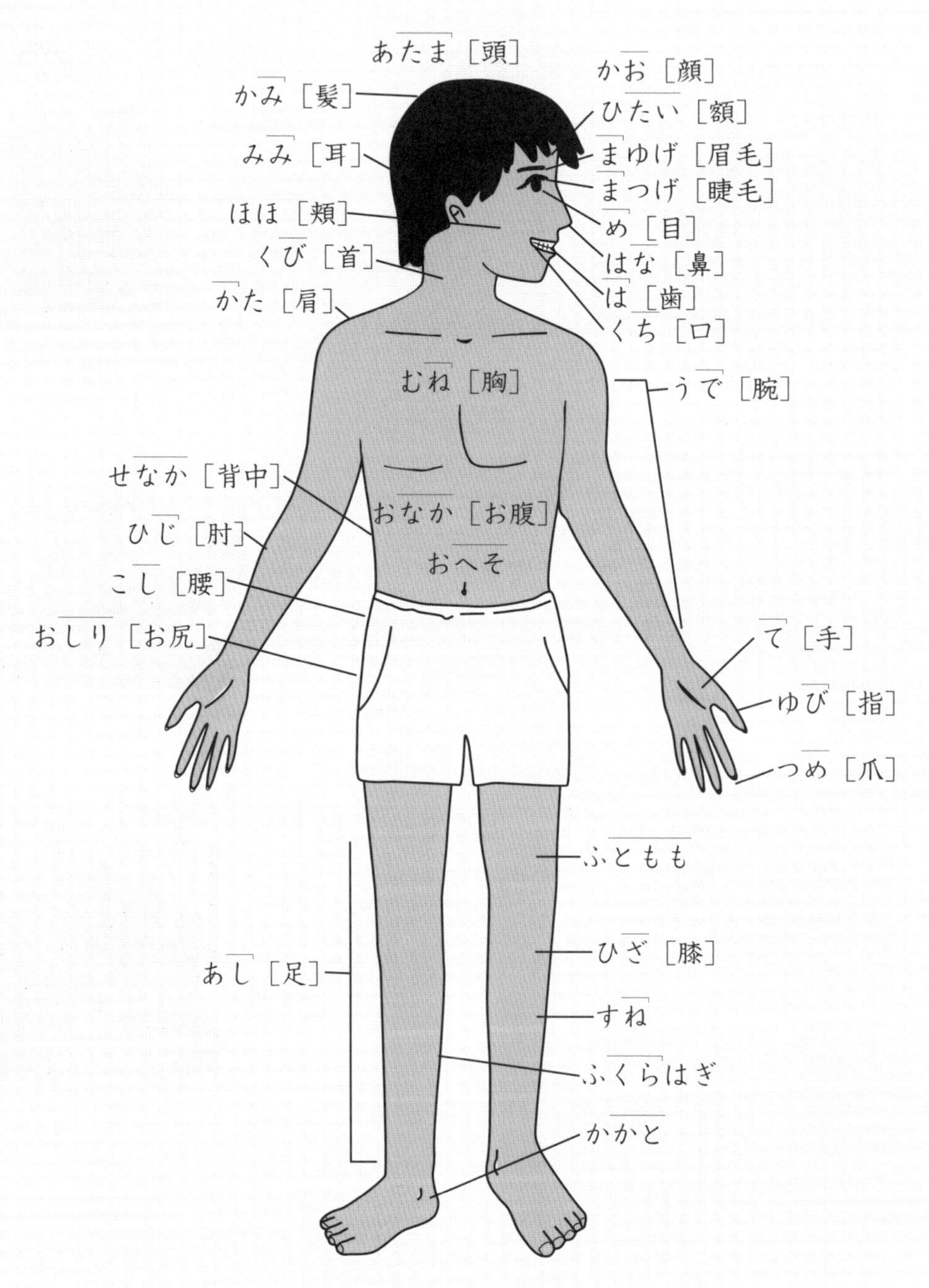

あたま［頭］
かお［顔］
かみ［髪］
ひたい［額］
みみ［耳］
まゆげ［眉毛］
まつげ［睫毛］
ほほ［頬］
め［目］
くび［首］
はな［鼻］
は［歯］
かた［肩］
くち［口］
むね［胸］
うで［腕］
せなか［背中］
おなか［お腹］
ひじ［肘］
おへそ
こし［腰］
おしり［お尻］
て［手］
ゆび［指］
つめ［爪］
ふともも
ひざ［膝］
あし［足］
すね
ふくらはぎ
かかと

台湾の地名
たいわん ちめい

臺灣的地名

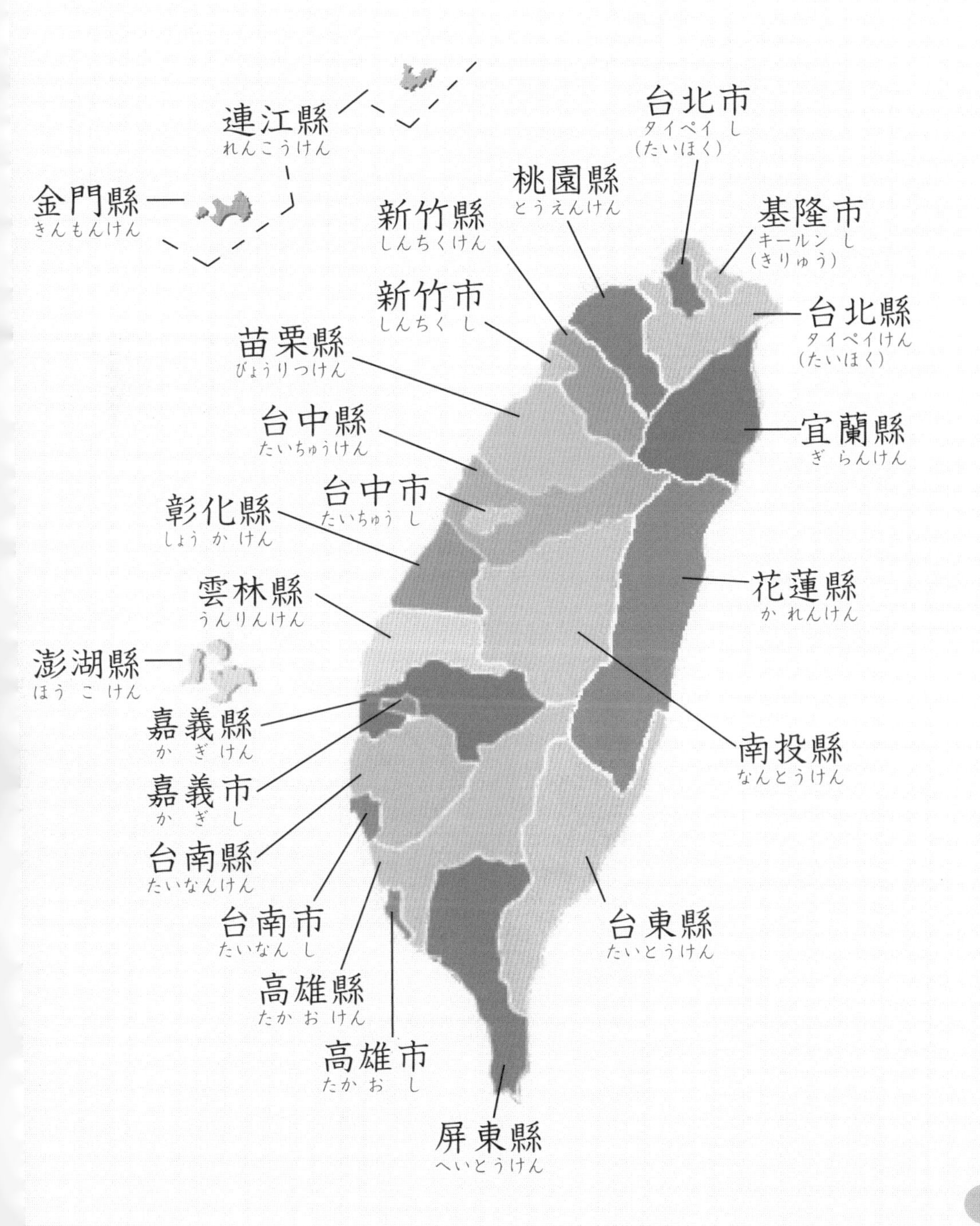

●日本の地名と県庁所在地●　●日本的地名及各地行政中心●

（にほん　ちめい　けんちょうしょざいち）

【中国地方】（ちゅうごくちほう）

- 鳥取県（鳥取市）　とっとりけん　とっとりし
- 島根県（松江市）　しまねけん　まつえし
- 岡山県（岡山市）　おかやまけん　おかやまし
- 広島県（広島市）　ひろしまけん　ひろしまし
- 山口県（山口市）　やまぐちけん　やまぐちし

【近畿地方】（きんきちほう）

- 滋賀県（大津市）　しがけん　おおつし
- 京都府（京都市）　きょうとふ　きょうとし
- 大阪府（大阪市）　おおさかふ　おおさかし
- 兵庫県（神戸市）　ひょうごけん　こうべし
- 奈良県（奈良市）　ならけん　ならし
- 和歌山県（和歌山市）　わかやまけん　わかやまし

【中部地方】（ちゅうぶちほう）
《甲信越地方》（こうしんえつちほう）

- 山梨県（甲府市）　やまなしけん　こうふし
- 長野県（長野市）　ながのけん　ながのし
- 新潟県（新潟市）　にいがたけん　にいがたし

【中部地方】（ちゅうぶちほう）
《北陸地方》（ほくりくちほう）

- 富山県（富山市）　とやまけん　とやまし
- 石川県（金沢市）　いしかわけん　かなざわし
- 福井県（福井市）　ふくいけん　ふくいし

【九州地方】（きゅうしゅうちほう）

- 福岡県（福岡市）　ふくおかけん　ふくおかし
- 佐賀県（佐賀市）　さがけん　さがし
- 長崎県（長崎市）　ながさきけん　ながさきし
- 熊本県（熊本市）　くまもとけん　くまもとし
- 大分県（大分市）　おおいたけん　おおいたし
- 宮崎県（宮崎市）　みやざきけん　みやざきし
- 鹿児島県（鹿児島市）　かごしまけん　かごしまし

【四国地方】（しこくちほう）

- 香川県（高松市）　かがわけん　たかまつし
- 愛媛県（松山市）　えひめけん　まつやまし
- 徳島県（徳島市）　とくしまけん　とくしまし
- 高知県（高知市）　こうちけん　こうちし

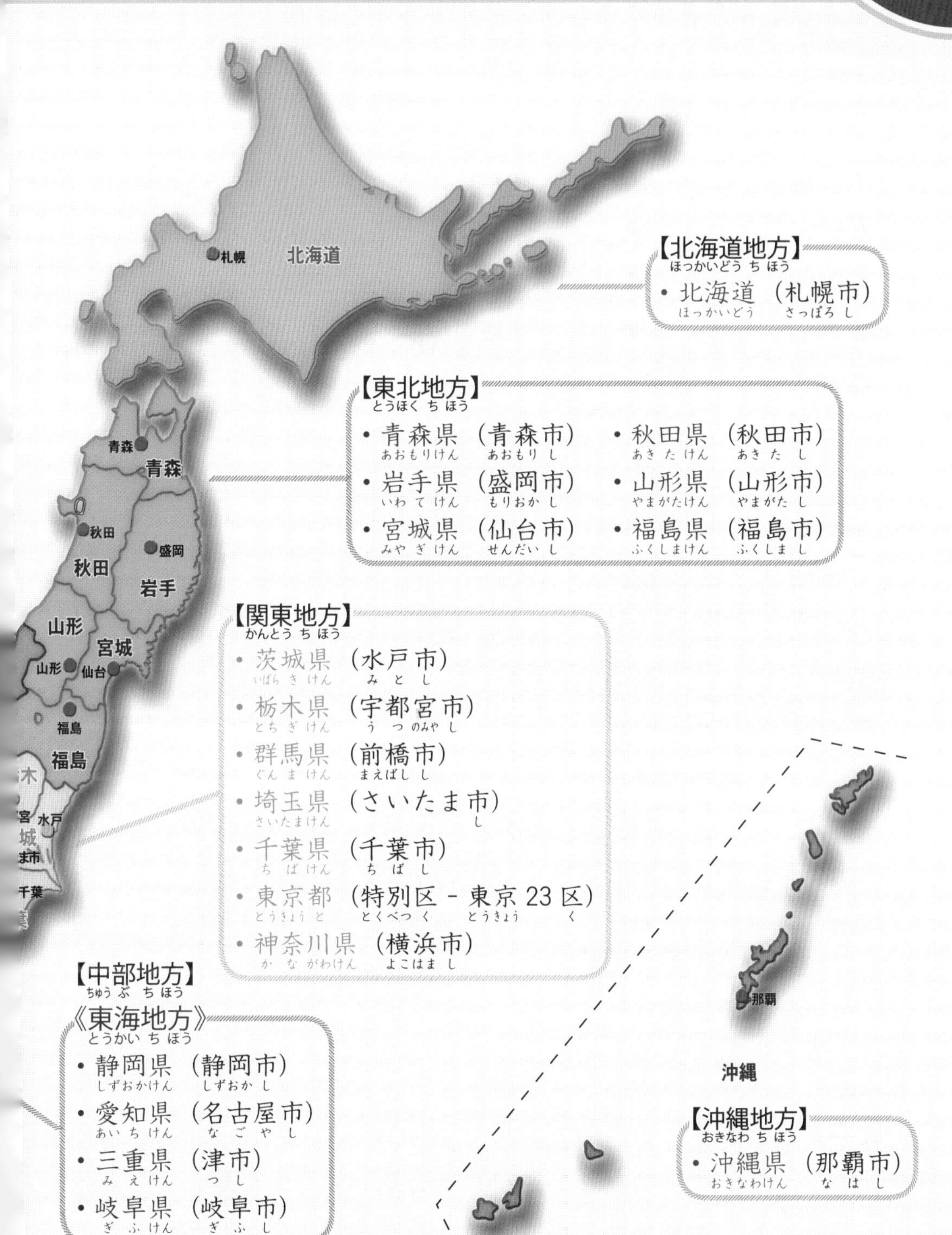
札幌
北海道
【北海道地方】
• 北海道（札幌市）
【東北地方】
• 青森県（青森市）
• 秋田県（秋田市）
• 岩手県（盛岡市）
• 山形県（山形市）
• 宮城県（仙台市）
• 福島県（福島市）
青森
青森
秋田
盛岡
秋田
岩手
山形
宮城
山形
仙台
福島
福島
水戸
千葉
【関東地方】
• 茨城県（水戸市）
• 栃木県（宇都宮市）
• 群馬県（前橋市）
• 埼玉県（さいたま市）
• 千葉県（千葉市）
• 東京都（特別区 - 東京 23 区）
• 神奈川県（横浜市）
【中部地方】
《東海地方》
• 静岡県（静岡市）
• 愛知県（名古屋市）
• 三重県（津市）
• 岐阜県（岐阜市）
那覇
沖縄
【沖縄地方】
• 沖縄県（那覇市）

あ

い

う

え

お

著 者
高津正照（淡江大学日文系）
陳 美 玲（義守大学応用日語學系）
謝 美 珍（和春技術学院応用外語系）
黃 麗 雪（元培科技大學通識中心外文組）
施 秀 青（德霖技術學院應用英語系）

加油！日本語 ①　（附有聲CD1片）

2008年（民97）4 月 1 日 第 1 版 第 1 刷 發行

定價 新台幣：300 元整

著　者　高津正照・陳 美 玲・謝 美 珍
　　　　黃 麗 雪・施 秀 青
發行人　林　寶
總　編　李 隆 博
責任編輯　加納典効・藤岡みつ子
封面設計　蕭 莉 靜
發行所　大新書局
地　址　台北市大安區(106)瑞安街256巷16號
電　話　(02)2707-3232・2707-3838・2755-2468
傳　真　(02)2701-1633・郵政劃撥：00173901
登記證　行政院新聞局局版台業字第0869號

香港地區　香港聯合書刊物流有限公司
地　址　香港新界大埔汀麗路36號 中華商務印刷大廈3字樓
電　話　(852)2150-2100
傳　真　(852)2810-4201

ISBN 978-986-6882-61-6 (B621)